KB031961

현대시세계 시인선 099

무성히도 넘실거렸다

하재숙 시집

무성히도 넘실거렸다

bookin
2019

自序

나만의 색채와 톤은 잘 갖추었는가
나의 체취는 살아서 가닿는가

오랜 세월 회화 작업을 해오다
딸을 출가시키고 나서야 시를 시작했습니다
늦었다는 생각은 하지 않아
이런 기쁨을 안게 되었습니다

여기
펼쳐보는 눈길마다
여린 미소 피어나기를
수줍게
바라옵니다

2019년 봄날에
하재숙

|차|례|

제2부

제3부

제4부

1부

카카오톡

수첩이 카카오톡에게 자리를 내준 지 오래다
인연이 다한 것 같은 사이에도
여전히 돌아가는 카카오스토리에
톡
터치해보는 순간도 있다

묻지 않았는데 이미 올라와 있는
소식 아닌 소식에
알아차리게 되는 사연들
안전한 거리에서
서로의 안부라도 전하듯

서로의 건재함은
화해의 문턱이라도 되는가
사람의 고매함과 속됨까지도
개칠 없이 한순간 메워주는
이 시대 깜찍한
판도라

재희 언니

"큰 딸 재희야
네가 간 지 오늘이 일 년이지만
난 너를 잊을 수가 없구나
네가 정말 나와 인연이 있다면
내게서 다시 태어나줄 수 있겠니"

중학교 때 다락방에서 읽은
엄마의 일기장 중간 부분입니다

엄마는 십육 세에 시집 오셔서 구십 세에 돌아가셨지만
나보다 스물네 살이나 많았던
큰딸 재희 언니를 늘 간직하고 사셨지요
언니는 6·25 전란 중에 엄마를 마중 나가다가
북한군 총에 맞았다고 합니다

일기장을 덮으며
난 환생한 언니가 되어
공부도 잘하고 자수도 잘 놓는
집안의 기쁨이 되기로 마음먹었습니다

일기를 본 지 사십여 년
엄마의 마지막 인연인 나는
이순이 넘은 지금
엄마의 모습을 많이 닮아가고 있습니다

재희 언니처럼

새우젓 독

그늘 짙은 베란다 구석
나는 그동안 이곳에서 지냈다
내 몸통은 위로 올라가며 약간 휘었다
다른 이들에게 불리기는 새우젓 독
두터운 입술은 다른 항아리와 사뭇 다르다

가슴엔 이름 모를 어느 도공의 풀잎도 그어져 있다
그저 곡선일 뿐이다
빠르게 휘어졌다
휙! 휙!
거침없다

그녀는 나의 무엇을 간직하고 싶었을까
삼십 년 이상 베란다 창고나 구석에서
두터운 먼지를 이고 지냈다
며칠 전 그녀는 무슨 결단인지
나를 닦고 닦아 자기 방에 들여놓았다
미지의 일을 바로 지금으로 끌어대듯
몸 안에는 무언가 빈 그릇을 괴고
작은 화분으로 키를 맞추었다

열대성 넝쿨식물 '스킨답서스'라 하던가

먼 곳이 고향이었던 이파리들이 무성히도 넘실거렸다
바람이 불어오면 흔들릴 준비도 되어 있다

그녀의 의자에서
바라보기 좋은 곳에 나는 놓여졌다
줄기는 내 옆구리 위를 살짝 내려뜨리고 있다
그녀가 농익은 녹색에 취해 있다
모든 음식에서 소금 간을 빼어도 흡족해했다
난
매일 아침 그녀와 만난다
잠시 눈길을 마주한다
내가 치워진 자리엔

몇 바퀴 돌리고 나간
밑둥 자국 위로
햇볕이 고요히
들어와 있다

조문

미세먼지 먹은
연못의 목이 부었다

진흙바닥에 수련 싹이
나름 한해를 준비한다

물 위에 내려온 벚꽃 잎
흐린 얼굴로
삼삼오오 모여 있다

연못 속 거꾸로 박혀 있는
소나무 비명소리 들린다

저 위에서 내려오는 흰 붕어
숨 쉬지 않고 있다

봄

봄볕이 쏟아질 때
우리는 작은 바구니와 과도를 들고
냇가로 나갔다

짙은 색보다는
옅고 작은 쑥을 파서
흙을 털어 바구니에 담았다

노랑 스웨터에 분홍치마 입은 아이
파랑바지 입은 아이들이
여기저기로 흩어졌다

잘 씻은 쑥
엄마는 보릿겨에 반죽하여
둥글게 쪄주셨다
쫀득한 풀냄새

들판에 움직이는
민들레 같던
어린 내 동무들

홍성 장날

장날이 되면
모두가 장터로 나가고
읍내 시장은 텅 빈다

줄지어 있던 한 평짜리 푸줏간들
벽마다 핏자국이 선연한 채 휴일이다

휑한 거리에선
어디선가 몰려나오던
한센인 어르신들이 시장을 기웃하셨다

저녁 햇살 비끼면서
신발가게 포목점 철물점이 장을 걷고 들어왔다
군청 마당에서 종일토록 노란 은행잎 맞으며 하던
땅따먹기 공기놀이 접고
돌아가던 가을날

좋은 요양소에 가신 한센인 어르신들
부모님 따라 도시로 흩어진 우리들
GDP가 삼만 달러를 육박하는 작금

읍내 장터 기웃하며
돌아보고 싶다

이사할 때

현관에 들어설 때
걷어 올리는 게 있다
찰그랑 소리 내는 대나무 문발

신발장 위에는
물 담긴 넓은 질항아리 뚜껑에
희고 작은 자갈들
초승달 모양으로 놓고
그 위에 가끔 꽃 한 송이 놓곤 했다
한여름 수련이 제일 어울렸다

짧은 복도에는
졸작들이 서너 개 늘어서고
안방으로 들어서면서
파랑 내 초상화가 걸려 있다
너무 고와 골방신세였으나
나이 들면서 몇 년 전
안방으로 입성됐다

침대 옆 길게 늘어진

비닐에 인쇄된 통일신라 김생 글씨는
세월과 충격에도 자신 있다고
번쩍 빛을 반사하고 있다

이번 이사에도 안방부터 시작해서
문발까지를 걷어내면 되는 것이다

다음 이사에는
훨씬 더 간추려질 것 같다

앵두

딸의 복직이 한 달 앞으로 다가왔다
멀리 떨어져 있는 우리는
야무지게 아이들과의 이별을 준비한다

말할 땐 분홍 입술을 쫑긋 오물거리는
손녀 앵두의 머리 묶기
새 옷 갈아입히기
생일날엔 하얀 드레스
소풍날엔 두 개의 도시락에
새초롬이 앉히던 김밥과
몇 알씩 들어가던 청포도
빨간 딸기들을 생각했다

이젠 그런 것들이 남의 손에 맡겨진다
고아가 된 지 십여 년인 나
앵두는 벌써 고아 연습인가

며칠 전
막 산책 나왔다는 그녀의 문자를 받고
나도 주섬주섬 바지를 입고 나섰다

이어폰으로 이야기하며 보폭을 맞추었다

애기들이 아프기라도 하면
에미는 우찌해얄꼬
낙엽이 내린 벤치에
몸을 걸치며
먼 곳을 바라보았다

장사항에서 봉포항까지

맨발로 걸었다
장사항에서 봉포항까지

스마트한 장사동 까리따스의 부활미사
욕심이라는 마음의 무덤을 비우는 것
그것이 오늘 부활의 만다라인 것을

걷는다
계속 걷는다
부손, 잇사, 산토카*
이런 시인들을 떠올리며

때로는 철망을 허리에 두르고 있지만
아직도 젊고 푸른
동해를 마시며

끼륵끼륵 갈매기
탈출의 날개가 아니어도
그 날개 위에서 두 팔로 감아 입 맞추리

바로
내 생의 정점에서

* 부손, 잇사, 산토카 : 일본의 하이쿠 시인들.

슬픈 망토

프로복서 버나드 홉킨스는
오십일 세 나이로 은퇴 경기를
이십칠 세 강타자 스미스와 겨루었다

치러온 경기 중 처음으로 KO패
링 위의 수도승답게 마지막까지
전부를 쏟아붓고
상대 펀치에 나가떨어졌다

불타는 의지로
초심의 경기를 보여준
고귀한 패배

시합을 마친 그에게 두 손 모으며
내 인생 열정을
그 위에 포개어본다

정점에서 써내린
그의 마지막 페이지에
늘 걸치고 입장했던

검은 망토가

살바도르 달리의
늘어진 물건들처럼
어디선가 들어온
한 줄기 역광으로
그 실루엣을 완성하고 있었다

먹 갈기

봄비가
톡! 톡! 토도톡
나뭇잎 두드리는 아침

짧으나 가득 쥔 먹으로
홍건한 벼루 위 밀기 시작한다
방안 풍경도 함께 들어와 있다

벽에 걸린
하룻밤 새겼던 나의 목판각 반야심경
욕망Desire이란 제목의 붉은 사과
이조장에서 얼굴 내밀고 있는 나무사슴

벼루 속 일렁이기 시작한다
먹 따라 틀어지며 밀려오다
다시 풀고 나간다

살짝 찍어본 먹물
한참 더 갈아야 한다

중간에 찍어보는 버릇은
좀처럼
고쳐지지 않고 있다

신문을 들며

며칠 전 일면에
대기업 총수들이 손을 번쩍 들고 있는 모습이 실렸다
빠르게 쥐어 들었다
전경련 해체에 반대하는 분들이란다
최순실 국회 청문회에 나간 총수 가운데는
최연장자가 거의 여든까지 된다는데

연민의 느낌이 드는 건 나도 의아했다
청문회는 의원들의 질문으로 감춰진 비밀과 진실을
드러내는 곳으로만 아는 나에게
다소 그 모양새가 민망했다

재벌도 공범이라는
빨간 피켓의 레터링이 돋보이는 곳에서
해체론과 탈퇴 의사 사이에서
그들은 종이컵으로 물을 마시고 눈을 감기도 하고
안경을 매만지곤 했다

요구에 따라 냈다, 거부하기 어려웠다
죄송하다는 말밖에 낼 수 없는 목맨 현실이 지겨워

오십오 년 만에 해체 수준으로 갈 것 같다는 얘기
그들의 약속인 경제재건촉진회가 무너지려는
기록적 순간에
상관도 없는 나는
왠지 쓸쓸했다

기부금 납부를 중단하겠다고 약속하라는 시퍼런 의원들
그러겠다고 대답하는 허연 어른들
오가는 또 다른 약속에
이 겨울바람은 어쩌지 못하고
거리에 서 있다

색계色戒의 바다

— 청화백자전*

들어서면서 춥다
꼬챙이에 걸려 있는 밑동 나간 청화백자
먼 곳을 바라본다

꽃가마 태워 시집보내던 민초들의 이야기
그릇 속에 박혀 있다
휘장 친 연잎 연속무늬는
목둘레 짧아
마무리할 수밖에
청금색 싸리꽃 내려앉은 대나무 청화백자
까칠한 파편들이 벽에 발린 채 민둥산이다

방안 가득 맴도는 자기 냄새
모서리마다 퀭하게 푸른 방

오래 갈은 검푸른 먹물
울트라마린 아쿠아마린 푸르샨블루**
함께 노니는 색계의 바다
존재를 드러내는 백자

진열장 푸른 도자기 위
색계의 탕웨이 그림자가 넋을 얹고 있다

그들이 거닐던 푸른 방
한 개 깨진 도기 되어
관객들과 조우遭遇하는
깊은 가을
한 조각

* 청화백자전 ; 2014년 9월 30일~ 11월 16일 국립중앙박물관.
* * 울트라마린, 아쿠아마린, 프루샨블루 ; 모두 푸른색 계열의 색을 일컬음.

엄마의 입원실

엄마에 관한 글을 완성해본 적이 없다
오래 전
'하늘나라에서 엄마가 휴가를 나오신다면'을
패러디하려 할 때도
눈만 벌겋게 달궈놓고
그만두었다

엄마가 입원하셨을 때
우리 형제들은 서로 바쁘다고 간병인을 들였다
고운 얼굴에 핑크색 바지를 입던 그 분은
우리가 선물하는 화장품 같은 것을
멋쩍게 받으셨다

그랬던 우리들
보고파
엄마가 외출해주실까

무제

—권옥연權玉淵 회고전*

코트 깃 여미며 올려다보는 포스터
청회색 작업실 전경
잡힐 듯 들어서 있다

손때 묻은 이조장
김장독만 한 잿빛 토기
마른꽃 풀잎들 코낙병 나막신
고무신들의 세월

진흙 가운데
들어선 청정한 풍경 보는 듯
여인과 사물에서 그의 사유가 고적하다

새와 달 화면을 왜 무제라 했을까
잿빛 노래하던
그는 가고 없는가

Okyoen이라 사인한
칼 같은 붓끝이
마루를 걷고 있었다

* 2015년 12월 11일 ~ 2016년 1월 24일, 가나아트센터.

밥값

남편보다 더 많이 밥을 벌어본 적은 없다
가끔 아르바이트 되던 것은
그저 반찬값과 화구값 정도

우리가
저마다의 밥값보다
더한 값을 치르는 것도 있다
아마도
서로의 밥에 설켜 있는
줄을 풀어나가야 하는 것들이 아닐는지

멋지고 부러운 건
풀과 나무들의 식사
물과 햇살이면 족할 테니

얼마 전
동네 호숫가에 한 여류 시인이 북카페를 열었다
생활의 무게가 절로 느껴져 온다

밥값이 되고도

많이
남았으면 좋겠다

2부

물 위의 솟대

정원석 작은 못
이파리마다
실핏줄까지
새기고 나간 초록햇살

부서져도 좋다고
온몸 들어 반기는
높고 낮은 연잎들

흠뻑 젖은
여물통 크기
까아만 정원석

누가 꽂았을까
물위에 솟대로 피어난
한 송이
열린 반가사유상半跏思惟像

일몰이 닮았다

그림을 잊은 적은 없다
그러나 15년 넘게 작업을 못하고 있다
동네 도서관에서 우연히 본
돌아가신 장욱진 화백의 아틀리에 사진
그 시절 떠올린다

대학 3학년 겨울
덕소 강변 암벽 꼭대기에
깡총 올라서 있던 그의 작업실
주인은 간밤의 숙취로 오르지 못하셨고
객들만이 작업실과 작품들을 돌아보며 담소했다

부엌 벽에 그려진 생선과 밥그릇 숟가락 등은
아마도 그 분의 밥상이었으리라

뒷동네 어귀
막걸리집에서 한 잔 하고 돌아오던 길
황혼에 백납처럼 빛을 발하던
은빛 물결 이어지던 밤하늘

엊그제 돌아본
중국 제백석의 물결도 그와 닮았다

비슷한 일몰을
호수공원에서도 마주칠 때가 있다
어제의 나와
오늘의 나를 이어주듯

예학명瘞鶴銘

중국 양자강 하류의 초산焦山은 산이 아니다
작은 섬으로
석각들이 모여 있는
비림이다

나의 드로잉 '예학명'은
그곳 마애석각의 탁본을 보고
조형화한 내 마음의 산이다

사랑했던 학의 주검을 묻고
묵객들이 바위에 적었다는 글들

난 Red 캔트지에 Black으로 그리고 썼다
붓으론 감당되지 않아
두꺼운 종이를 구겨서 붓으로
깊게 누르고 오랫동안 머물러서 휘— 돌렸다

거칠고 투박하며 신비한 산이 세워졌다
종이가 파이도록
하루 종일 파고 세운 산

탈진할 것 같았다

이후로 나는
붓을 들지 않게 되었다

가을 낙산사

모래바람 막으려 둘렀다던
원통보전의 흙담은 담이 아니다
그대 새댁의 뽀얀 살결이다

군데군데 새겨진 화강암 연꽃은
천 년 달빛 내려와
장지문 창호지에 비친
그대 새댁의 뽀얀 가슴팍

손바닥 위로 젖히며
만추의 하늘
들어 올리는 백팔배

동해의 큰 파도와 노니는
그대는 보타낙가산

수정을 이루는 시간

내겐 한두 개 이름이 더 있다
당지
Lotus(연꽃)
당塘은 못 당, 지之는 이다라는 뜻으로
작고한 서도 선생님께서 지어주셨다

연못 가운데 솟대처럼 서 있는
다 열지 못한 분홍 봉우리는
내 안의 미륵불彌勒佛

비라도 오는 날엔
잎사귀에 고여 있던
거대한 수정이
바람결에 쏟아진다

연잎에 구르는 빗물이
다시 수정을 이루는 시간

우산 속에서
오래 바라본다

전람회 리뷰

보
궤
작
준
이

제기가
빛을 발하는 공간

향을 피워
혼을 부르고

모사기에 술을 부어
백을 모시는 마음

다각형 시접의 모서리에 걸려 있을
수저 두드리는 소리

가신 분들과 만나는 곳
뒤꿈치 들고 돌아본다

노란 조명
백색 그릇에 걸치다가

갈색 마루에
떨어질 때

한 줄기 향은
중앙홀 천정에

한 개
미륵을
그리고 있었다

곱돌산

저 산 전부가 곱돌이어서
얼마든지 주워올 수 있다며
읍내 동문 너머
동무들과 손잡고 하염없이 가던 곳

허수아비 폴락거리는
가을 시냇가
무논 가생이

꿔미에 아가미 끼워
한 줄 가득 채우고도
빈 병까지 채우던
메뚜기잡이

고故 김창락 화백의 유화 풍경과 닮은 곳

무논써레 끝에 앉아
물꼬 지키던
흰 두루미 타고
내 삶의 밑그림 된 논과 밭

날아본다

그 곱돌산까지

빈집

바닷바람에
얼굴 내밀다가
다시 숨는 해당화

빗금 친 철조망 위에 얹어진
또 다른 오선
팔분음표 찍으며
참새들 완성하는 가진리 해변

어느 모래 바람에
덮일지 모르는
그 빈 집에
두고 온
아기 해당화

마리아니스트 성당

능곡 마리아니스트 성당 둘레는
온통 옥수수밭
바람이 옥수수 잎을 흔들며
잎사귀를 깎고 있다

종탑에 오르면
사방이 창문
아치형 꼭짓점까지 한 장의 유리다
중간중간 평행선 틀과
V자 모양의 창살은 나뭇가지 같기도 하고
안아주려는 마리아의 두 팔 같다

오래 전, 세례 일에 쏟던 눈물 설핏 떠오른다
옥수수 잎 스치는 소리가 사방을 진동하며
종탑까지 가득 메운다
내려다본 꽃밭엔 뽀얀 설악초가
벨벳처럼 깔려
세례 때 받았던 미사보 같다

팔 벌린 마리아도 옥수수밭을
깊게 안아주고 있다

열무김치

알뜰시장 파장 무렵
열무 여섯 단이 떨이로

가늘고 도톰한 줄기에
연한 잎사귀들이
아직 상품이었다

제일 큰 다라이에 씻고 씻어 절였다
소금 양이 많았는지
중간중간 뒤집을 때
철석 철퍼덕 철퍼덕
무겁게 주저앉았다
짜고도 짰다
한시漢詩 동아리에 퍼주고도
한여름을 났다
이후 한동안은 열무를 담그지 않았다

엄마가 김치 항아리를
물함지에 담가놓으면
그것이 냉장고였던 시절

맨밥하고만 먹어도
여름이 시원하고 배불렀던
그 열무김치

57세

끝이 보이지 않는 젊음의 긴 터널 앞에 오래 서 있었다
길은 마치 옴짝달싹할 수 없는 작은 골방들

때론 망망대해에 떠도는 한 잎
돛대 위 엄지소녀

피 같은 내 새끼 남에게 주어보기도 하고
받아도 보니 세상 빚 어느 정도 갚은 셈

이만큼 지나온 길을 돌아보며 미소 짓는다
다시 서는 또 하나의 터널

스타트라인에 선 서안西安 병마용병의 눈으로
살짝 주먹을 쥐어본다

첫사랑

도화지 위에
함께 풀어본 물감들

빨강 초록 눈아려
눈 감아요

바람 불어와
날아가버린 도화지

그 한 장을 태우고
우주의 한 줄
궤도를 돌고 있을

그와 나의
타임머신은
내릴 수 없어요

그 이름 감추며
지나칠 뿐

지나칠 뿐

누구를 위하여 종은 울리나

"마리아,
네가 가는 곳에 내가 있다"

그녀를 태운
말의 엉덩이를 내리치며
외치던 로버트 조단의 외마디

눈물 그렁그렁하며
뒤돌아본 채
마리아 역의 잉그리트 버그먼이
실려가던 마지막 장면 선하다

아는 것만을 쓰고
경험한 것만이 진실에 가깝다는 헤밍웨이의 생각은
나의 시론과 같다
스페인 내전에서
숨이 붙어 있는 병사의 눈알 콩팥 파먹는
맹금류 이야기
담담한 기사로 날린 그다

지난 밤에는
나를 태운 말이
그가 내리치는 채찍을 맞으며
평원을 달리는
꿈을 꾸었다

문학수업

눈 쌓인 홍성군 청광리
산촌에 사시던 외삼촌이
등잔불에 삼국지 읽으실 때

외사촌 오빠는
신춘문예 준비하며
중학생 내게
바삐 쓴 독후감 노트 건네주며
새 것에 옮겨줄 것을 부탁했다

맨 위에 제목과 작가를
오른쪽에는 날짜, 빌려준 이, 출판사를 적었다
슈테판 츠바이크의 '황혼의 이야기'
헤르만 헤세 소설들이 줄지어 있었다

사십여 년 지난 지금
마루 밑에서 올라왔던 아삭한 고구마 깨물던 소리
종이 위를 사각거리던 연필 소리
등잔불 아래 독후감 옮기던 일 생생하다

난
탁상용 램프에
안경 걸치고
뭔가를 쓰고 있다

길

거진항 가는 왼쪽 차창
캔트지 전지만 한
목탄 데생 한 장 펼쳐 있다

손으로 문지른 듯
산마루 선
여러 겹 위

그 위 잿빛 잔털 나무들
가위로 자른 듯
산줄기마다 길게 띠 두르고 있다

등성이 번지는
먹물 농담
오래된 색깔도 좋지만

여전히
나의 한 길은
눈 속에 숨어 있다

눈꽃 피려던 첫 마음
얼어 죽어도 좋을 일이다

3부

새침한 저녁

박 선배가 그려준 파랑 초상화
머리숱 눈빛도 더 짙게
높여준 코

너무 고와 쑥스러워
문간방 신세 면치 못했다

엊그제
나이 든 뻔스러움이
그녀를 거실로 구출해주었다

저 모습 사실이었다며
최면도 걸어보고 흠칫 쳐다볼 때
거실 풍경 사뭇 밝아지는 듯

방걸레 잠시 놓고
불러들인
저녁노을

액자 속 그녀가 날 바라본다
새침한 눈길로

어느 뒤뜰

"어이~, 멍멍아! 어디 가니?"

뭐라고? 넌 마치 인간들이 부르는 것처럼 나를 부르는구나, 야옹아~

"멍멍아~, 사람들은 너희보다는 우리네 고양이를 조금 더 우대해주는 것 같지 않니? 너희는 충견이니 애견이니 하는 정도이지만 우린 영물靈物이라고 불리는 그 한마디로도 알 수 있잖아."

야! 영물이란 게 우리 충견이나 애견이란 말보다 우위라고 단언할 수 있냐? 그건 너희가 하도 인간들을 잘 배반하니까 생긴 말이라는 설도 있어. 열 번 잘해주다가도 한 번 삐지게 하면 너희는 집을 나가버린다는 거야. 그래, 너희들 그 야릇한 습성에 대한 아부성 발언이라는 말도 있어.

"야! 멍멍아, 그거 말 된다. 난 인간들이 자기네가 무슨 '만물의 영장'이라고 으스대며 이 말 저 말 많이도 하고 또 지어내기도 잘 하는 걸 보면 안쓰러워. 그

거 언어라고 하는 우리들이 쓰다 쓰다 안 좋은 거라 우리 몸에서 제거해버린 거잖아."

야옹아~, 조심해! 인간들이 우리 말을 알아챈다면 우린 어쩜 오늘부터 먹이가 끊길 수도 있어. 왜냐하면 네 말에선 바로 그 배반의 냄새가 난다는 점이야.

"배반의 냄새? 난 그런 거 몰라."

후후! 바로 영물의 너그러운 얼굴이구나. 너희가 어스름할 때 이 집 저 집 담을 넘나드는 것도 좀 그렇고, 아니 뭐, 너희의 그 발달된 뒷다리와 긴 허리는 우리 집 동물들 중에서는 참으로 탁월하다는 점도 잘 알지. 그건 그렇고. 어쨌거나 난 오늘도 귀가하는 주인 가족들에게 말없이 꼬리만 좀 흔들어주면 좋아서 어쩔 줄 모르는 인간들이 사랑스러워!

청광리

설날 전 내린 눈에 발 푹푹 빠지며
까만 짧은 코트 입고 쫄랑쫄랑
따라가던 미루나무길 생각난다

외갓집 홍성군 청광리에 다다를 때
다시 눈 나린다
문지방 너머 곰방대 피워 무신 채
흰 수염 쓰다듬으시며

네가 누— 구— 냐?
볼 때마다 물으시던 외할아버지
횃대 위 잘 개켜 올려진 구순 농부의 흰 두루마기가
조용히 내려다보던 사랑방

한밤중 이는 삭풍이
소나무 가지에 쌓인 눈 털며
솔 그림자 길게 그릴 때
송아지 음—메 소리 내며 하얀 입김 올리고

등잔불 돋우며 외시던 외숙모의 독경소리가

창호지 밖으로 번지는 새벽
외양간 곁에서 여물 끓이며
하루를 여시던 외삼촌

이제는 모두 떠나버린 텅 빈 청광리
이번 설엔 그 미루나무길 따라 걷고 싶다

길 끝닿으면
할아버지, 흰 무명 두루마기 입으시고

이쪽 세상
내다보시는 건 아닐까

시래기두름

이모네 부엌,

뒤꼍 사이에 검고 거룩하게 매달린 커다란 쪽문이 있었어요

조금이라도 건드리면 삐거덕 육중한 소리를 내곤 했어요

늘 조금은 열려 있어서 나 같은 꼬마가 드나들기엔 안성맞춤이었어요

손을 대지 않고도 쏙 쏙 드나들 수 있었으니까요

이모네 뒤꼍,

부엌 쪽문을 나가면 녹색 그늘 속 조그만 딸기밭이 있었어요

검초록 가운데 몇 알의 딸기가 보이고는 모두 잡초와 탱자나무 울타리였어요

산딸기보다 조금 큰 그것들은 빨갛게 빛나긴 했지만 맛은 별로였어요

딱딱하고 시큼하고 따고 또 따봐도 그 맛이 그 맛이었어요

이모네 마당,

담장은 길고 넓었어요 초가지붕도 두텁고 넓게 얹어졌어요

다닥다닥 붙어 있는 읍내 저잣거리 우리 동네보다 훨씬 넓었어요
그 마당에서 사촌동생 홍수는 이모부에게 매를 맞기도 했어요
매를 대는 이모부가 무섭고 미웠어요
이모네 가는 길,
시냇가에서 엄마와 손잡고 가다가 우연히 이모를 만났어요
엄마는 내 손의 바나나를 말도 없이 빼서 이모 손에 건넸어요
나는 속상했어요 그래도 엄마에게 투덜대진 않았어요
지금보다 마음이 더 넓었나 봐요
잘 비질된 토기 색깔 마당
검게 그을린 부엌 천장에 매달린 둥근 채반 위 누룽지
안방 벽장 속 숭늉그릇
점점 또렷해지는 기억
내 마음 밭고랑
빨간 딸기

속초

나는 속초가 좋다
대강 갖춰진 배낭 메고 나서는 습관이
작년 이른 봄부터였다

터널을 세어보진 않았지만
시 한 편 읽고 또 한 편 보려면
어느새 어두운 터널 속에 들어와 있다

또렷한 반원형 출구가 점점 커지며
터널을 빠져나올 때면

밖에는 담황색 진녹색 황토색들이
얼룩무늬 이루는
붉은 시월이 선명하게 펼쳐진다

펜션 바깥은 근래 드문 비바람이란다
집채만 한 파도가 무언가를 잔뜩 싣고 와서는
포말과 함께 던져버리고 부서진다

저 거대한 무엇 앞에

나의 근심 걱정 따윈
아무것도 아닌 것이 되어버린다

나는 이런 속초바다가 좋다

고인에 대하여

봄비에 젖은 초록 풀
까아만 거석 묘지

두 팔로 치켜세운 무거운 죽음
몇 아름 족히 될 저 폭은 고인의 덕성일까

시루미산 끝자락 강화 벌판에
가슴에 담은 빗물로
마른풀 적시는

돌을 괴어
묻은 고인

고인을
묻은 돌

나비

이 세상 나오겠다고
나의 의지로
태어난 것은 아니지만

따스한 햇볕
새벽 별 공기
부모님의 정성으로
견딜 수 있었다

열 명의 적을 만나고
세상 오해 속에서도
행복의 나비를 볼 수 있는 것은

외갓집 마을 어귀 당산나무 그늘처럼
편안했던 친정 마루의 낡은 소파
그리고 식탁의 동반자

멀리서 '아이 잘 잤다'고
매일 아침 외쳐주는
손녀 앵두의 기지개 켜는 소리가
오늘의 힘이다

대봉감

마진리 가는 국도변
흰 구절초 사이
붉은 망개나무 열매
꽂히는 햇살에
야위는 이파리

민박집 황토벽 처마 밑
반으로 갈린 대봉감
채반에서 꼬들꼬들
타는 갈색 테두리
쫄깃한 단맛

한 잔

나란히 앉는다
서로의 얼굴을 보지 않아도
잘 알 수 있으니까

그가 따르는 한 잔에는
처음 같은
착한 마음이 들어 있고

내가 따르는 한 잔에는
모든 것을 순백으로 받아들이려는
선한 마음이

두 번째 잔엔
세속의 긴장에서 해방되고
긍정으로 채워지는

긴 여로 적시며
함께 물드는 저녁

가진항에서

홀로 걷는
고성 가진리 바닷가
미역 건지던 아저씨
집으로 돌아가고

다시마 부스러기
지푸라기 바람에 날리고
밀려온 슬리퍼 한 짝
플라스틱 통들이 뒹군다

병에 눌려
모래에 박혀 있는
파란 천 조각
날지 못하고
버둥거리고 있었다

Hey !*

신발 벗고 걸었다
따가운 햇살
들국화 벌개미취
비릿한 열무 풋냄새

화이트에 퍼플 갠 연보라
납작붓이 중심을 향해
사뭇 그어댄 벌개미취

흠뻑 배지 못해 가늘게 빈자리 낸 꽃잎파리
크롬옐로crome yellow
꽃술자리 도톰하다

지난 밤 별들이
쏟아져 앉은
흰보라 들국화

맨발에 박히는
돌멩이 모래
따가운 가을

* 스페인 가수 훌리오 이글레시아스의 노래 제목.

춘곤을 허리에 매고

동네 호수공원은 내 집 정원이다
이틀에 한번은 돌아보니

부쩍 늘어난 아마추어 카메라맨
주인 손에 나온 강아지들
사각 연못가, 온몸을 짚으로 두른
배롱나무는 들여다보니 부처과란다
누비 두루마기 만행 나오신 스님인가

메타세쿼이아 산책로
황톳길에서 패딩점퍼 벗어 허리에 매고
고개 들어 왼쪽으로
호수가 바다처럼 펼쳐진다
바람이라도 부는 날엔 태평양 물결이다

바다 끝 아파트 빌딩들
서울로 나가는 장항IC가 가로 획을 그으며
다리 내려 호수를 잡아주고 있다

파란 풀밭 위

한 마리 나비처럼
팔랑 앉아 있는 낚시의자
햇볕 안고 졸고 있다

겨울

성냥 한 갑 다 쓰고도
못 붙인 방생 촛불

뚝섬 제방 넘어
새벽 불빛 새는 구멍가게로
엄마 심부름 갈 때
모래밭에 불던 바람

저녁상 물리고
등잔불에 삼국지 읽던 외삼촌이
그을림 줄이려
심지 누르던 저녁

밤새 내린 첫눈을
머리에 이고
조용히 내려다보는
붉은 감

평창올림픽 봉화 태우고
창녕 우포늪

건너는 이마배가
운무 덮인 늪을
지나는 때

시 짓는 일

내 마음 커다란 원 위에
오래된 멍석 펴고 맷돌질하듯
내 속에 나를 던지는 일

표주박으로 물과
던지는 일정량 콩알들

혼자 해도
남이 보는 것처럼
남이 보아도
혼자 하는 것처럼

개의치 않고
맷돌 구멍 속으로 던진다
한 알도 밖으로 튀지 않게

육중한 힘 싣는 어처구니
마음처럼 잘 돌려지진 않지만

우직한 맷돌

한 덩이 두부를 그리며
천천히 돌린다

꿈

홍주성 언덕배기에 우거져
고개 젖히고 올려다보던 나무들

줄기마다 흰 초롱 조르르 붙은
달콤한 꽃알들

한 줄이라도 시원하게 훑어
한입에 털어넣고파

여러 날 가보던
까마득한 하얀 꽃밥

4부

봄의 소리

입춘이면 아버지는 필묵통을 꺼내셨다
뚜껑이 뒤로 도르르 말리면서
벼루가 드러나던 벼루통
뚜껑엔 입을 크게 벌리고
이빨을 드러낸 사자가 부조되어
벌린 입과 휘인 꼬리 사이를
엄지와 검지로 집어 들어내었다

난 조물조물 먹을 쥐고 자랑스럽게 먹을 갈았다
이쯤이면 됐다 싶을 때
아버지는 붓에 먹물을 찍으셨다

우리의 이중주가 써내리고
마루 양쪽 문설주에 붙여진
입춘대길 건양다경은
왈츠 '봄의 소리'에
발맞출 준비를 하고 있었다

슈테판 츠바이크의 안경

내 안경은 그의 것과 닮았다
오래 전 공교롭게 그의 글을 누워 보고 있을 때
눈이 아물아물 아파왔다
그의 문체에 한껏 반하고 있던 나는
그와 만나고 있을 때 찾아온 질병마저도
인연으로 느껴졌다면
지나친 표현일까

안경을 걸치면서
종이 위 글자가 선명해지는 순간은 자못 숭고하다
될 수 있는 한 정좌하고 두 손으로
공손히 걸친다

그가 연구한
크라이스트 발자크 휠더린 톨스토이 등의 생애도
가끔 내 마음 서랍 속에서
부스럭거린다

그와 나의 안경 속에
숨어 있을

한 송이 연꽃 봉우리
만나고 싶다

밤치기

아버지는 명절마다 밤치기를 하셨다
왼손에 불린 밤을 쥐고
착착 쳐내시던 솜씨는
차례상 콘서트의 신나는 서곡

사촌들과 술래잡기 하며 마루를 뛸 때도
이조장에 숨어서 내다볼 때도
앉은자리에서 한 되 가량은 치셨다

이번 설에는 나도 밤깎기를 했다
이틀 불린 밤의 겉껍질을 벗겨내고
더 불려 속껍질을 깎으려는데
좀처럼 칼을 받아주지 않아
육각형 모양을 내는 건 요원했다

이틀에 나누어 겨우 한 접시

울퉁불퉁한 나의 밤톨들이
차례상 맨 앞줄에서 서로 얼굴 모으고 있다

피어오르는 향 줄기 사이로
엄마의 뽀얀 얼굴이
가물거렸다

졸작들

이승 떠나는 날 무엇 생각날까
피붙이에 기대어 지푸라기라도 잡으려 할지도 모를 일이다

가져갈 순 없지만
기억에 저장된
졸시 몇 편
드로잉 몇 개
떠오를지도

타인의 품에서
나를 기억하고 있을지도 모르는
잊힌 것들도 있을 것이다

내게
비교적 변치 않았던 것들
그것이 한 개 졸작일지라도
그들과 함께
떠나는 건 어떨까

카피와 오마주 사이

— 흔해빠진 풍경사진전*

오마주가 밥하며 뜸 좀 들이려하는데
카피와 표절들이 나라 안팎에서 문제다

법부터 알았으면, 영국 사진작가 마이클
흑백으로 간추린 그의 사십 년 에센스가
이국의 갤러리에서 숨죽여 항변하고 있다

풍경사진의 구도설정엔 저작권 없다고
판사 앞에서 날 세운 담론들 …
마이클 가슴앓이가 조곤조곤 들려온다

도적맞은 작품도 시간이 가면 익숙해지겠지만
도적맞은 영혼은 어쩌겠냐고
내일은 아니지만 내일의 작가들은 …
난 그의 작품 '브레송** 오마주'에
소리 없이 밑줄 긋는다

* 2015년 2월 6일 ~ 3월 8일 공근혜 갤러리.
** 브레송(Aenri Cartier Bresson) ; 프랑스 사진작가(1908…2004).

주인 화백은 어디 갔을까

— 조선 궁중화, 민화 걸작전*

조선조 민화전에 들어서니 색동옷 가득하다
오방색 삼원색이 앞서거니 뒤서거니
꽹과리 치며 이리저리 상모 돌리듯

안방풍경 책거리 문자도엔
인도의 소리와 페르시아 소리도 들여놓고
칸딘스키와 마티스도 손잡고 다녀간 듯한데
강원도 산골 민화라니

옆방의 표범가죽 그린 호피장막도
가운데 뜯어내고 다른 이가
그려 넣었다는 서재풍경으로
모두가 제 것처럼 천상조화 이룬다

내방의 문자도 한 점 생각난다
길에서 주워 긴 세월 같이한 친구
싸리나무 가지에 믿을 신信과
신화 속에서 본 듯한 새 그려넣은

이름 세우지 않은 들풀 같은 그림

주인 화백은 어디 갔을까

* 2016년 6월 11일 ~ 8월 28일 예술의 전당 서예박물관.

붉은 시월

햇볕에 타는 잔디의 교성으로
와인 빛 물드는 들판
내리꽂히는 햇살로 풀잎은 가늘어진다

불볕 따가움에 잔디는 야위어가고
칼집에서 빠져나온 얇은 잎들은
온누리 찌른다

자줏빛 하루
다른 잎 내밀며
이슬에 스칠 때

손 모아
숨 죽여 받아내며
가. 을. 이라 부르고 싶다

너의 음성이
나를 찌르고 있을 때

가을은

나를 번쩍 들어
한번 더
붉은 들판에 던져주었다

풍선

장이 선 날이면
검은 수소통에 고무풍선 끼워 만든
탱탱한 동그란 것들
동네 아이들 모았다

그것들은 놓치는 순간
휙 날아가버려
까마득해질 때까지
발을 굴렀다

어느 중년 모임 가든파티에서
각자 손에 쥔 풍선
놓는 순간

색색의 동그라미가
머얼리 사라질 때
왈칵 쏟아지던 울음

다시는 만질 수 없는 것
나를 떠난 모든 것들처럼

까마득하게 멀어졌다

사십구재 연기처럼
그 사람처럼

동주 님

1969년 정음사가 발간한 파란색 표지『하늘과 바람과 별과 시』

외사촌 종구 오빠가 한 권 사주시며 간지에 써준 서문입니다

"노을이 걷힐 무렵
여기 펼치는 손길에
여린 미소 있어라"

동주 님의 어린 시절
바람 불던 푸른 청년 시절
감옥에서 알 수 없는 주사로
하늘로 사라지던 그날까지
당신의 빛나던 눈이
이 시대 저희들의 밤을
허옇게 밝히고 있습니다

그대의 원고에 새겨진 패. 경. 옥.
이런 이름들처럼 그 곁에
부서지고 싶을 뿐입니다

아가야

할미는 내일 간다
우윳빛 점박이 배냇저고리
발목 오므리고 가슴까지 올라오는 연분홍 바지
잘 때도 끼고 자는 보드란 손싸개

쪼-옥 쪼-옥 입 벌리고 하품할 땐
미래의 리릭 소프라노?
초점책 뚫어지게 바라볼 땐
미래의 판검사?

다섯 알씩 나란히 들어 있는 완두콩 발가락들
힘차게 휘두르는 새끼가지 팔뚝
통통 볼록한 배 그리고 아문배꼽
보고파 우짜노

매일 아침 일어나면 외쳐야 한다
할미 사는 일산까지 들리게
두 팔 번쩍 만세 부르며
"아이, 잘 잤다!"고

Born Free*

쏟아붓기에도
너무 많아 지표를 가르셨을까
잠베지 강물에 빨리는 굉음
지옥처럼 떨어지는 틈새

리빙스턴의 회칼 닮은 쪽배는
장대 걸치고 강가에서
그를 보좌하고 있다

다리에 걸린 실타래 무지개 위엔
그의 시신을
영국에 묻어주고 돌아온
두 명의 하인이 뒤돌아본다

그들 시선 머무는 이쪽
안개비 부서지며
거대한 드라이아이스 뒤집어쓴
일곱 빛깔 무지개
다리 하나 더 놓고

물보라 쏟아지는
물안개 위로
나를 벗어던진다

* 영화 〈야성의 엘자〉의 주제곡.

너의 연기緣起

"이쪽 창문은 한번 내려가면 못 올라오니 주의하셔야 해요"
"상관없습니다. 이건 폐차에요"

21년 동안 나의 애마가 폐차라는 것은 이상한 일이 아니다
눈치채지 못하고 누구에겐가 넘어갈 것이란
내 추측이 별일인 것이다
약간의 고철값을 받아쥐고 한번 살펴보며
트렁크 옆선을 양손으로 감아보았다

센티멘털한 습관은 싫지만
어느새 그 수위를 재는 일까지도 익숙하다
센티함이 코끝을 스치는 것은 황홀하기도 하니
한입 가득 터지는 자몽즙처럼 싸-하다

한때는 바람 가르며 가파른 길 오르내리고
타다 남은 재목 한계령 휴게소 지나
가슴속 내 미운 사람 털어내주기도 하던 너

뽀얀 수은등 돋보이게 하느라
소나무 배경을 모나미 붓펜으로
냅다 뭉개며 칠하던
한계령 등마루 스케치

먼산이
고개 숙인다

쑥스런 사연

시집보내고 나서 이런저런 선물을 받아본다
그녀의 순정과 물질이 조화를 이루는 것들로
오늘은 동백 네 송이가 상자 안에 실려왔다
먼 길 실려온 꽃
가운데 꽃술은 아직도
단단히 조매 있는데

"엄마,
인터넷에서 발견했는데
꽃이 넘 이뻐서 보내봐
이런저런 얘기 할까 하다가
쑥스러워 짧게 써
사랑해~
엄마가 최고야!"

다소 센티해보여 무슨 일이라도 있나 걱정하려던 차에
애들 없이 외출한 틈 타 전화한다며

"꽃은 구천구백 원, 택배는 사천 원"

내가 궁금해할까봐
야단맞을까봐

테렐지에서

몽골 테렐지
게르 지붕에 내려앉은 달은
징기스칸의 아내 쿨란의 거울
두어 아름 족히 되겠다

둘레둘레 널려 있는 별들은
우리 아기 놀기 좋게 뜯어놓은 솜사탕
폭죽 터트린 듯 퍼져 있는 별들은
칸의 병사들이었다

외갓집 청광리 저녁하늘에
떠 있던 별들 생각했다
손가락 끝으로
몇 개의 별자리를 찾아주던
종구 오빠는
군대 가서 별이 되었고
한강에 그의 골분이 뿌려질 때
강물은 반짝거리며
살랑살랑 뽀얀 가루를 삼켰다

한밤중 일어나
게르 난로에 불 지피고 나와
바람의 우는 가슴에 안길 때

내 손가락 끝은
오빠의 별을 가리키고 있었다

오해를 산책하다

세상 사람들은
한 사람도 같은 사람 없다지

완전히 이해되기 어려워
오해된 채 살기도 한다
오해는 여전히 돌아다니며 오간다

뱃속에 밥이 없고
머릿속에 생각이 없고
입 속에 말이 없는

하나의 유토피아를 이루고 싶다

양쪽 종대로 늘어선
곧은 기둥들

산책로
메타세쿼이아 속으로
나는 걷는다

■ 해설

생의生意에 반짝이는 기억의 역광逆光

백인덕/ 시인

1.

말씨는 곧 그 사람이다. 물론 시는 문자를 매개로 하는 표현이자 기록이므로 '문체文體'라고 해야 정확하다. 그러나 문체에는 '전통, 관례, 기교'와 같은 한때는 칭송을 받았지만, 지금은 그 품격과 가치를 잃어버린 의미가 너무 깊게 배어 있다. 따라서 문체를 살피는 것은 자칫 전형stereotype에 시인의 생생한 현실을 우겨넣어 이상화된 특성을 뽑아내는 잘못을 범하기 쉽다. 어쨌든 그런 염려가 문체가 아니라 '말씨'라는 용어를 자꾸 고집하게 한다. 또한 이 시대가 '음성과 문자'가 극도로 가깝게 결합해 있고, 차츰 그 강도가 격렬해진다는 것도 한 이유다. 말씨가 그대로 문체로 전환되는 비율이 점차 높아지고 있다.

하재숙 시인의 시세계는 조촐하리 만큼 담백하고, 정갈하게 속이 비치면서도 주변의 사물들을 쉼 없이 끌어들여 서로

호응하게 하는 시어들을 든든한 바탕으로 하여 전개된다. 이 시어들의 무늬와 질감이 의미 형성에까지 이어진다.

내 안경은 그의 것과 닮았다
오래 전 공교롭게 그의 글을 누워 보고 있을 때
눈이 아물아물 아파왔다
그의 문체에 한껏 반하고 있던 나는
그와 만나고 있을 때 찾아온 질병마저도
인연으로 느껴졌다면
지나친 표현일까

안경을 걸치면서
종이 위 글자가 선명해지는 순간은 자못 숭고하다
될 수 있는 한 정좌하고 두 손으로
공손히 걸친다

그가 연구한
크라이스트 발자크 휠더린 톨스토이 등의 생애도
가끔 내 마음 서랍 속에서
부스럭거린다

그와 나의 안경 속에
숨어 있을
한 송이 연꽃 봉우리

만나고 싶다

—「슈테판 츠바이크의 안경」 전문

사물을 매재로 하는 비유는 기본적으로 힘이 세다. 비유하는 것과 비유되는 것의 연결이 그 자체로 구체적으로 드러나기 때문이다. 하지만 동시에 매재의 특성이 강하면 강할수록 새로운 의미를 부여하거나 발견하기가 어려워진다. 이 문제를 시인은 솔직한 어법과 자세로 직면하고 또 해결해간다. “내 안경은 그의 것과 닮았다”는 원인과 결과가 고리 형태로 서로를 향해 구부러져 있는 표현이다. 작품에 잘 서술되어 있는 것처럼, ‘(츠바이크의) 글 → 문체 → 눈(질병)’이 ‘안경’으로 가는 한 축이라면 ‘인연 → 숭고함(안경을 통해 글자가 선명해짐) → (츠바이크의) 연구 (클라이스트, 발자크, 휠더린, 톨스토이) → 생의(부스럭 움직이는 것)’가 또 하나의 축으로 ‘(츠바이크와 나의 닮은) 안경’을 향한다. 즉 이 두 축이 다 ‘안경’으로 집중되는데 그것은 단순한 형태의 닮음을 초월해서 “그와 나의 안경 속에/ 숨어 있을/ 한 송이 연꽃 봉우리/ 만나고 싶다”는 구체적 기원으로 형상화한다. 어떤 위대한 작가를 직접 인용하거나 그의 세계에 주석을 덧댐으로써 자기를 돋을새김하려 하지 않고, 문체를 통한 일종의 울림에 참여함으로써 그 자세를 닮아가고자 하는 것은 후학, 또는 후배로서 가장 바람직한 자세라 해도 과언이 아닐 것이다. 게다가 그 기원이 ‘연꽃’이라는 상징은 의미심장하다. 이에 대해서는 뒤에 다시 살펴보기로 한다.

시인이 자서自序에서 던진 "나만의 색채와 톤은 잘 갖추었는가/ 나의 체취는 살아서 가닿는가"라는 질문은 결국 자기 성찰을 통해 자기 지향을 드러내는 역설의 방식이다.

그녀는 나의 무엇을 간직하고 싶었을까
삼십 년 이상 베란다 창고나 구석에서
두터운 먼지를 이고 지냈다
며칠 전 그녀는 무슨 결단인지
나를 닦고 닦아 자기 방에 들여놓았다
미지의 일을 바로 지금으로 끌어대듯
몸 안에는 무언가 빈 그릇을 괴고
작은 화분으로 키를 맞추었다
열대성 넝쿨식물 '스킨답서스'라 하던가

먼 곳이 고향이었던 이파리들이 무성히도 넘실거렸다
바람이 불어오면 흔들릴 준비도 되어 있다

—「새우젓 독」 부분

위치의 변경, '베란다 창고 구석'에서 '(그녀의) 방'으로 '새우젓 독'의 자리가 바뀐 것은 단순히 용도의 변경만을 의미하지는 않는다. 작품은 표면적으로는 '나(새우젓 독)'의 용도 변화를 드러낸다. "모든 음식에서 소금 간을 빼어도 흡족해했다"에서 유추할 수 있듯이 더 이상 새우젓을 담아두는 용기로 사용하지 않는다. 대신 "몸 안에는 무언가 빈 그릇을 괴고/ 작은 화분으로 키를 맞추었다"에 드러나듯 분재 용기로 사용한다. 투박하게 보면 실용성에서 장식성으로의 변화라 할 수 있지만, 이 작품의 함의는 새우젓 독인 '나'와 '그녀'의 관계의 변화가 암시되어 있다는 점이다. 다시 말해 더 이상 커다란 새우젓 독이 필요하지 않은 그녀의 결단, "미지의 일을 바로 지금으로 끌어대듯" 무언가 새로운 시도가 잊혔던 사물의 재등장과 변용變用을 통해 드러난다. 그것은 시인이 밝힌 '회화에서 시'로의 확산과 같은 맥락일 것이다.

2.

시적 계기로써 기억을 반추反芻하는 것은 언제나 아프면서 또 황홀한 일이다. 기억의 내용이 선명할수록, 즉 원인과 결과 또는 사건의 진행이 분명하고 조금의 오차도 없이 정렬할 때 일종의 아쉬움과 무력함 때문에 정서나 심리 상태, 깊게는 정신적 내상을 다시 경험하곤 한다. 그러나 그 감정의 폭풍 안이나 뒤에 오늘의 나를 형성하고 자라나게 한 맹아萌芽가 오롯이 들어 있음을 다시 경험하면서 기억하는 나와 그 내용들에 일종의 황홀감을 느끼기도 한다.

엄마는 십육 세에 시집 오셔서 구십 세에 돌아가셨지만
나보다 스물네 살이나 많았던
큰딸 재희 언니를 늘 간직하고 사셨지요
언니는 6·25 전란 중에 엄마를 마중 나가다가

북한군 총에 맞았다고 합니다

일기장을 덮으며
난 환생한 언니가 되어
공부도 잘하고 자수도 잘 놓는
집안의 기쁨이 되기로 마음먹었습니다

일기를 본 지 사십여 년
엄마의 마지막 인연인 나는
이순이 넘은 지금
엄마의 모습을 많이 닮아가고 있습니다

—「재희 언니」 부분

빛과 색채에 민감한 하재숙 시인은 생의가 처음으로 타올랐을지도 모르는 순간을 빛바래 아련한, 그래서 늘 지나치게 감상적일 수밖에 없는 상태로 놓아두지 않는다. 기억을 역광에 배치함으로써 시간을 뚫고 살아나는 입체적 감각으로 되살리는 것이다.

인용 작품의 첫 연은 활자의 서체를 사체로 바꿈으로써 여러 겹의 의미가 떠오르도록 한다. "큰딸 재희야/ 네가 간 지 오늘이 일 년이지만/ 난 너를 잊을 수가 없구나/ 네가 정말 나와 인연이 있다면/ 내게서 다시 태어나줄 수 있겠니"(필요상 일반적인 형태로 필자가 바꿈)라는 '엄마의 일기' 내용은 분명히 시인이 감당하기 힘든 비밀이었겠다. 하지만 시인은 고작 중2의 나이에 "일기장을 덮으며/ 난 환생한 언니가 되어/ 공부도 잘하고 자수도 잘 놓는/ 집안의 기쁨"이 되기로 마음먹는다. 일반적 이해로는 아마 사십 년이 넘는 세월의 간극이 주는 위로 탓이라고도 할 수 있지만, 자세히 읽어보면 '인연'에 대한 시인의 남다른 감각과 태도 때문일 확률이 훨씬 높다. 이 결심은 최소한 '사십여 년'을 지켜졌는데, 그 결과 "이순이 넘은 지금/ 엄마의 모습을 많이 닮"은 나를 깨닫게 되는 것이다.

이것은 무엇보다도 '인연'을 소중히 생각하고, "이모네 가는 길,/ 시냇가에서 엄마와 손잡고 가다가 우연히 이모를 만났어요/ 엄마는 내 손의 바나나를 말도 없이 빼서 이모 손에 건넸어요/ 나는 속상했어요 그래도 엄마에게 투덜대진 않았어요/ 지금보다 마음이 더 넓었나 봐요"(「시래기두름」)에서 드러나듯 심성 교육에 힘썼다는 것이다. 어린 아이 마음이 넓어야 얼마나 넓으랴, 속상해도 그걸 바로 입 밖으로 내뱉지 않는 것은 다 부모의 참된 가르침 덕분이라는 건 아무리 시대가 변해도 변하지 않을 사실이다.

시인의 기억은 주로 일가를 이루고 살았던 고향을 무대로 펼쳐진다. 거기에는 '시래기두름'이 환기하는 '이모네'가 "잘 비질된 토기 색깔 마당/ 검게 그을린 부엌 천장에 매달린 둥근 채반 위 누룽지/ 안방 벽장 속 숭늉그릇"(「시래기두름」)의 이미지로 담겨 있고, '외갓집 청광리'에는 "손가락 끝으로/ 몇 개의 별자리를 찾아주던/ 종구 오빠는/ 군대 가서 별이"(「테렐지에서」) 된 애달픈 사연도 남아 있다. 한 개인의 생에서 소중하지 않은 순간이 없듯이 따지고 보면 가치 없는 기억도 없지만 좀 남다른 의미를 부여할 수 있는 내용도 있게 마련이다. 가령, 「봄의 소리」에서 보이는 "난 조물조물 먹을 쥐고 자랑스럽게 먹을 갈았다/ 이쯤이면 됐다 싶을 때/ 아버지는 붓에 먹물을 찍으셨다"는 기억은 "살짝 찍어본 먹물/ 한참 더 갈아야 한다// 중간에 찍어보는 버릇은/ 좀처럼/ 고쳐지지 않고 있다"(「먹 갈기」)는 고백으로 이어져 '아버지'를 상기하면서 동시에 현재의 행동으로 되풀이된다는 점에서 좀 더 특별하다 할 수 있다.

눈 쌓인 홍성군 청광리
산촌에 사시던 외삼촌이
등잔불에 삼국지 읽으실 때

외사촌 오빠는
신춘문예 준비하며
중학생 내게
바삐 쓴 독후감 노트 건네주며
새 것에 옮겨줄 것을 부탁했다

맨 위에 제목과 작가를
오른쪽에는 날짜, 빌려준 이, 출판사를 적었다
슈테판 츠바이크의 '황혼의 이야기'
헤르만 헤세 소설들이 줄지어 있었다

사십여 년 지난 지금
마루 밑에서 올라왔던 아삭한 고구마 깨물던 소리
종이 위를 사각거리던 연필 소리
등잔불 아래 독후감 옮기던 일 생생하다

난
탁상용 램프에
안경 걸치고
뭔가를 쓰고 있다

—「문학수업」 전문

시인의 문학에 대한 열정의 연륜과 깊이가 드러나는 작품이다. "눈 쌓인 홍성군 청광리"는 다른 작품 「청광리」에도 "설날 전 내린 눈에 발 푹푹 빠지며/ 까만 짧은 코트 입고 쫄랑쫄랑/ 따라가던 미루나무길"로 각인되어 있다. 아마도 시인의 감수성은 최소한 글에 있어서는 중학생 때 이미 발현했고 그 배경은 고향이었던 것으로 보인다.

왜냐하면 「재희 언니」에서 엄마의 일기를 다락방에서 펼쳐 읽은 것도 그렇고, 인용 작품에서 외사촌 오빠의 '독후감 노트'를 새로 적어주었던 것도 중학생 때이기 때문이다. 게다가 여기서 발견하게 되는 '슈테판 츠바이크'가 낯설지 않은 까닭은 이런 기억의 힘이 오래도록 축적되었다가 "사십여 년 지난 지금/ 마루 밑에서 올라왔던 아삭한 고구마 깨물던 소리/ 종이 위를 사각거리던 연필소리"로 말 그대로 생생하게 다시 살아나 시인을 "탁상용 램프에/ 안경 걸치고/ 뭔가를 쓰"게 하기 때문이다. 이 '안경'이 바로 앞에서 언급했던 '안경'임은 두말할 나위가 없을 것이다.

3.

시적 계기로써 기억의 힘을 보여주는 이번 시집에는 또 하나의 비감하고 숭고한 의미를 부여할 수 있다. 그것은 상대적으로 늦게 시작해서 더딘 걸음이라 평가받을지라도 시작에 임하는 하재숙 시인의 진정성이 오롯이 가감 없이 드러나고 있다는 점, 그래서 개인 역사의 기록으로서 '출사표' 같은 의미를 갖는다는 점이다.

프로복서 버나드 홉킨스는
오십일 세 나이로 은퇴 경기를
이십칠 세 강타자 스미스와 겨루었다

치러온 경기 중 처음으로 KO패
링 위의 수도승답게 마지막까지
전부를 쏟아붓고
상대 펀치에 나가떨어졌다

불타는 의지로
초심의 경기를 보여준

고귀한 패배

시합을 마친 그에게 두 손 모으며
내 인생 열정을
그 위에 포개어본다

정점에서 써내린
그의 마지막 페이지에
늘 걸치고 입장했던
검은 망토가

살바도르 달리의
늘어진 물건들처럼
어디선가 들어온
한 줄기 역광으로
그 실루엣을 완성하고 있었다

—「슬픈 망토」 전문

시인은 '고귀한 패배'에 주목한다. '오십일 세 나이로' 떠오르는 '이십칠 세 강타자'와 맞붙는 늙은 복서의 '은퇴 경기'를 본다. 결과가 궁금해서는 아닐 것이다. 경기는 예상대로 진행되어 늙은 복서는 "링 위의 수도승답게 마지막까지/ 전부를 쏟아붓고/ 상대 펀치에 나가떨어졌"지만 시인은 여기서 "불타는 의지로/ 초심의 경기"를 보았다. 은퇴라는 미명美名

아래 관례나 의례나 겉치레를 강조하는 것이 아닌 '초심'을 본 것이다. 그래서 "시합을 마친 그에게 두 손 모으며/ 내 인생 열정을/ 그 위에 포개어보기"까지 한다. 비록 프로복서 버나드 홉킨스는 "늘 걸치고 입장했던/ 검은 망토"를 살바도르 달리의 시간 위에서 늘어진 물건들처럼 던지고 떠났지만, 시인의 열정은 역광이 완성하는 '실루엣' 속에 더 또렷하게 떠오른다. 왜냐하면 시인에게는 기억의 인연에서 솟구친 힘과 이를 다시 이어주어야 할 인연이 떠오르기 때문이다.

이 세상 나오겠다고
나의 의지로
태어난 것은 아니지만

따스한 햇볕
새벽 별 공기
부모님의 정성으로
견딜 수 있었다

열 명의 적을 만나고
세상 오해 속에서도
행복의 나비를 볼 수 있는 것은

외갓집 마을 어귀 당산나무 그늘처럼
편안했던 친정 마루의 낡은 소파

그리고 식탁의 동반자

멀리서 '아이 잘 잤다'고
매일 아침 외쳐주는
손녀 앵두의 기지개 켜는 소리가
오늘의 힘이다

—「나비」 전문

흔히 쉬이 찢어지고 뜯기는 날개를 가졌다고 생각하지만 북미의 황제나비는 한생에 대륙을 종단하는 힘을 가졌다. 그 나비마저 제 의지로 태어난 것이 아니라 묻고 따지지 않는다. 시인의 고향의 자연("따스한 햇볕/ 새벽 별 공기")과 양육("부모님의 정성")에 감사하면서 기억을 소중하게 보듬고 동시에 오늘, '식탁의 동반자'와 "손녀 앵두의 기지개 켜는 소리"를 든든한 배경으로 하여 새로운 길을 가고자 한다. 물론 빼놓을 수 없는 것 중 하나는 시인이 어머니에게 받았던 느낌을 바뀐 입장에서 생각하게 하는 '딸'(「쑥스런 사연」)의 존재도 있다. 이를 배경으로 또는 함께하는 그 길은 "아는 것만을 쓰고/ 경험한 것만이 진실에 가깝다"(「누구를 위하여 종은 울리나」)는 헤밍웨이의 말을 나의 '시론'으로 삼은 길이다. 꿈의 길이라 해도 무방할 것이다.

거기서 시인은 몇 개 「졸작」을 생각한다. "이승 떠나는 날 무엇 생각날까" 궁금해하다가 "가져갈 순 없지만/ 기억에 저장된/ 졸시 몇 편/ 드로잉 몇 개/ 떠오를지도" 모른다고 안도

하다가 끝내 "타인의 품에서/ 나를 기억하고 있을지도 모르는/ 잊힌 것들"에까지 생각이 미쳐 그들과 함께 떠날 수 있을지도 모른다고 생각한다. 내가 잊었지만 나를 기억하는 작품을 우리는 졸작이라 칭하지 않는다. 따라서 하재숙 시인의 앞의 진술은 다분히 역설일 뿐이고, 이 겸손을 뒷받침하는, 즉 역광으로 비추는 시론, "아는 것만을 쓰고 경험한 것만이 진실에 가깝다"를 주목한다. 이 말은 뒤집으면 '앎과 경험에의 열정'이 곧 진정한 생의이고, 시작의 원동력이라는 말과 같다.

현대시세계 시인선 **099**

무성히도 넘실거렸다

지은이_ 하재숙
펴낸이_ 조현석
기　획_ 백인덕, 고영, 박후기
펴낸곳_ 북인
디자인_ 푸른영토

1판 1쇄_ 2019년 04월 30일
출판등록번호_ 313 - 2004 - 000111
주소_ 121 - 842 서울 마포구 서교동 467 - 4, 301호
전화_ 02 - 323 - 7767
팩스_ 02 - 323 - 7845

ISBN 979-11-87413-99-8　　03810

이 도서의 국립중앙도서관 출판예정도서목록(CIP)은
서지정보유통지원시스템 홈페이지(http://seoji.nl.go.kr)와
국가자료종합목록시스템(http://www.nl.go.kr/kolisnet)에서
이용하실 수 있습니다. (CIP제어번호 : CIP2019014507)

책값은 뒤표지에 있습니다.
저자와 협의 아래 인지를 생략합니다.